詩集

魂の物差し

1998~2022

Kazuhiko Hashimoto

橋本和彦

ふらんす堂

目次

I

詩集

魂の物差し

1998〜2022

I

棒

棒は原初的な道具である

恐らくは、われわれの祖先が
敵や獲物を打ち据えるために
木の枝か何かを手にしたことが
棒という道具の始まりだろう

棒はその単純さゆえに多用され
打ったり叩いたりする以外にも
手の届かない場所を探ったり

傾く何かの支えとして
絶えず暮らしの場に置かれてきた

しかし棒は突然、見るも無残なさまで
バギリと折れてしまうことがある

この世界はある瞬間
非常にバランスを欠くことがあって
一時的に膨大な負荷が
一本の棒にかかってしまうのだ

また、見た目には堅固であっても
棒にはその実、愚直で脆い側面がある

ここにある一本の棒

それは私たちの祖先が手にしたままの姿で
確かに今も存在している

しかし、棒はもはや
日々組み替えられていく世界の中で
その居場所を失いかけている

棒に触れると
遠い岸辺にある小石のように
冷たい

木の哲学

木は互いを認知しない
林を見て群れていると思うのは
人間の悪しき感情移入であって
木は各々がただの一本として屹立している

木が認識しているのは頭上の空であり
根が食い入っている大地である
たとえ枝々を広く差し伸べていようとも
それは握手を求めているのではない

木を満たすのはそれぞれの語彙と語法であり
敵意や厭世観ではない
木は単に自分の課題に向き合っており
孤独を感じることも愛を求めることもない

木の表皮が厚く無骨であるのは偶然ではない
木の内面はそれぞれで全く異なっており
一本一本が全く別の生き物とも言える程だが
内面集中度の高さにおいては近似している

木は自らの生命を展開し全うするのに忙しい
それは水分や養分を取り入れることであり
呼吸や光合成を行なって成長することであり
さらにはその果てに枯渇していくことである

木は各々がただの一本として屹立している
しかし木がその使命を終えようとするころ
厚く無骨な表皮を持つ何かに
不意に倒れ掛かられることがある

あるいは枯渇し衰弱し切った果てに
自分こそがドウと倒れ掛かることがある
そのとき初めて木は互いを認知し
空も大地も違った意味を帯びるようになる

皿

皿の役割は受け止めることにある。受け止め、載せ続けることにある。それは皿から食み出たサンマであるかもしれない。ぶつ切りにされても尚のたうつ、蛸かもしれない。あるいは、箸をつけられぬまま変色し腐敗する、マグロの刺身の場合もある。皿は厭うことがない。拒むこともない。何かを上に載せたまま、無心を貫くのみである。たとえばラップをかけられて冷蔵庫に入れられたとしても、またはその状態で電子レンジに入れられたとしても、自らを失うことはない。室温に置かれると、食材はともかく皿自身は、速やかに平静をとり戻す。皿は日々食卓の上にある。皿は床の上にある。涙で滲んだ視界、その先にもある。

樹の宇宙

樹の下に立つ。公園に植えられた、一本のクスノキである。見ると、ちっぽけな公園には不釣合なほど、堂々とした大樹である。根元は太く、大人が両腕をまわしても足らないだろう。ひび割れを刻んだ樹皮。幹は意を決したかのように、すっくと上方に伸びている。樹は絶えず、音のない声を発している。声は幹を充たし、折れ曲がった枝々を充たす。枝は小枝に分かれ、小枝から一枚一枚、艶のある楕円形の葉が繁る。声は、葉や枝先から、ごく僅かずつ周囲に放たれる。小宇宙の中心に、このクスノキがある。さながら天体の運行のように、葉は規則性を持つ。樹は、刻一刻と位置を変える太陽の光を、漏らさず受け止めようとしているのだ。そのためにこそ枝々があり、葉々がある。見上げても空は、ごく僅かな破片として散らばるのみだ。——木漏れ陽、という言葉がある。葉々の隙間から陽の光が漏れるのは、大抵の場合、風によって一瞬、枝や葉の位置が変わることによる。

運動

静止または一様な直線運動をする物体は、力が作用しない限り、その状態を持続する。つまり、動かないものは静止しつづけ、動いているものは、いつまでも真っ直ぐに動き続ける。日常の感覚からすれば、奇異に思える考えだが、ニュートンが想定した、空気抵抗もなく平面摩擦もない空間の中では、今も確かに動き続けている物体がある。目を閉じれば、あなたにも見える筈だ。あなたの心の空間に、決して動くことのないものたちがあり、その間を、あなたの苦痛とは無関係に動き続ける、たとえば一個の、球体があるのを。

斜面上に一個の球体があり、実験者の指によって、斜面上に止《とど》まっているとしよう。そこにあるのは位置エネルギーである。指を離すと、球体は斜面上を転がり始める。これは、位置エネルギーが運動エネルギーに変換されたのであり、このようにして、エネルギーは都度その姿を変えながらも、その総量は常に一定値を保つ。転がり始めた球体が、もし音を立てるのなら、それもエネルギーの一種である。球体がかなりの速さで転がり落ちてきた場合、前方の壁にぶつかって、粉々に砕け散ってしまうかもしれない。その時生じる音や熱、或いは一瞬の光として、エネルギーは姿を変え、無意味に消え去ることはない。

二つの物体が互いに力を及ぼし合う時には、これらの力は常に大きさが等しく、向きが反対である。たとえば実験者が壁を手で押している時、同じ大きさの力で壁から押し返されていると見る。力が釣り合っているが故に、静止しているというのだ。ここに、複雑に構築された建造物があるとしよう。その建造物の床は全き水平を保ち、どの柱にも撓みは見られない。しかし、だからといって、この建造物が何ら負荷のない、平穏の中にあるとは限らない。或いは世界の歪みはそこに伸し掛かり、作用反作用の均衡の中で、辛うじて成り立っているのかもしれないのだ。次の瞬間壁面に亀裂が走り、誰のものとも判らぬ泪が、堰を切って迸り出る。

※この作品は、慣性の法則、運動量保存の法則、作用反作用の法則をモチーフとしている。

飛翔

チョウゲンボウはハヤブサ科の鳥である。大きさこそハトと同程度だが、小形とはいえ、猛禽類としての、外見と性質は備えている。主食はネズミや昆虫で、飛び方を使い分けることが、この鳥にとって、獲物を捕える上での最大の武器である。

当然のことながら、鳥の飛翔の基本は羽搏きである。両翼を上下させることによって、浮力を得る。翼を持たぬ私たちから見れば、羽搏きを繰り返すことこそが、空中に留まり得る唯一の方法であり、羽搏きをやめた時、鳥は黒い塊となって落下する筈である。しかし、たとえばチョウゲンボウは、ひらひらとした軽い羽搏きを続けた後、翼を広げたままで暫く滑翔する。この二つを交互に行うことが、この鳥の一般的な飛び方であり、じっと翼を開いたまま悠々と飛ぶ姿は、重力の束縛を脱したかのようである。

滑翔とよく似た飛び方に、帆翔というのがある。山肌を吹き上がる上昇気流にのって、両翼を水平に保ったまま、輪を描くように飛び続ける。気流によれば、意外な程の高空に到ることもある。トビで良く知られている飛翔法だが、半分ぐらいの大きさしかないチョウゲンボウも、風を捕えてしばしば帆翔を行っている。

絶えず動き続ける鳥などいない。鳥を観察すれば、飛翔という行為を成立させているのが、羽搏きのみではなく、静止もまた重要であることに気付くだろう。秋の空を映して、じっと凪いでいる、湖面のような静けさ。

チョウゲンボウに関して言えば、もう一つ特徴的な飛び方に、停空飛翔がある。翼と尾をしきりに動かして、空中の一点に留まる飛び方である。一点に留まって、地上に視線を投げかける。視野に、動く影が現れるのを、息を詰めて待っている。

今、一羽が、停空飛翔をやめた。ずっと前方に獲物を見つけたのか、急降下はせず、滑翔に切り換えている。両眼はじっと、数百メートル先を（或いはその遥か前方を）見詰めている。翼の端々まで、猛禽類の意志が漲っている。生々しい現実の空間を滑翔しながら、同時に、無限の時間の中に鳥はいる。

燃焼

燃えているロウソクの周囲には、絶えず上昇気流が生じている。言うまでもなく、炎の熱によって生じるものだが、重要なのは、ロウソクに沿って吹き上がる微細な風が、ロウソクの上端に於いて、融解したロウの流出を食い止めていることである。そこにはロウの海ができているのに、海の外縁は微細な風によって常に冷却され、やや高い外壁となって、燃焼という一連の現象を支えている。ロウの海の中心には、縒糸でできた芯がある。毛細管現象によって、融解したロウは芯の上部へと運ばれてゆき、そこで気体となる。

ロウソクの炎は、炎心、内炎、外炎の三つの部分から成っている。芯の周囲にあって暗く見えるのが炎心である。ロウが気体となっている部分で、まだ燃焼には至っていない。その外側にあるのが内炎で、完全な燃焼ではないが、高温になった炭素の粒が光っているため、最も明るく輝いて見える。炎の一番外側にあるのが外炎である。空気に触れていて、酸素が十分に供給されることから、ここで完全な燃焼が行われる。小さな一本のロウソクでさえ、外炎ではセ氏千度以上という高温に達している。

燃焼とは、物質が酸素と結びつき、短時間に激しく熱と光を発しながら、別の物質に変化することである。ロウソクが燃える時にも、ロウと酸素が結びつき、二酸化炭素と水に変化する。ロウソクにマッチで点火すると、一瞬、芯は着火を拒もうとする。しかし、一旦着火し燃焼し始めると、ただ一心に燃え続けることのみを志向する。自分が全く別の存在となり、形さえ失ってしまうことなど、意に介したりしない。あるのはただ、部屋全体にゆきわたる光と、セ氏千度以上に及ぶ熱である。

線香花火

線香花火に火を点けると、溶解した物質が、末端で球状に収斂する。それは「玉」と呼ばれ、線香花火の燃焼を維持し、支配する存在である。「玉」は、最初は表面が泡立ち、時にいびつな形になったりもするが、やがて、一つの意志を持つもののように、全き球形に沈静する。しかし、決して安定しているわけではなく、もし多少とも持つ手が揺らげば、その動揺によって、末端の「玉」は落下する。存在するものは全て、危機と隣合せにあるとはいえ、線香花火の儚さは、一種独特のものである。他の花火が全て、一定時間の燃焼を約束されているのに対して、線香花火は、常に終焉と向かい合っている。それゆえ、線香花火を持つ者は、じっと息を潜め、まるで心臓の音に耳を澄ますかのように、見守り続けねばならない。

やがてささやかな賑いが訪れる。羊歯類の葉脈のような形の火花が、発せられては消える。そして次の瞬間、別の方向に火花が飛び出す。この明滅を繰り返しているうちに、火花は弱く静かになり、その形状も次第に柳の葉のように、細く滑らかになってゆく。線香花火は他の花火と異なり、色や光や音で、見る者を圧倒したりはしない。むしろその静けさによって、見る者を引きつける。線香花火は闇と交感する。見る者の心の隅を照らし、過ぎ去って帰らぬもの、普段は目に見えぬものを照らし出す。火花が尽き、「玉」が痩せ衰えると、もう次に何も起こりはしないのだが、燃え尽きた花火を手にしたまま、人は時折、身動きすることさえ、忘れていたりするのだ。

血と魂

皮膚の下には絶えず血が流れている。心臓の鼓動とは即ち、血が全身に送り出される音である。血は生命そのものである。しかし日常、私たちは殆ど血を見ることも、血流を意識することもない。

ある時誤ってナイフで指に傷をつけてしまうとする。鋭い痛みとともに、傷口に血が盛り上がり、やがてひとすじの流れとなって皮膚を走る。それだけで私たちは酷く狼狽《うろた》えてしまう。血液や臓器の病気でもない限り、出血は止まるものだと知っているのに。

血の色は私たちに、忘れていたものを思い出させる。遺伝子に刻み込まれた、人類の記憶のようなものかもしれない。それは焼けるような昂揚である。暴力と闘争への傾斜である。滅びへの戦《おのの》きであり、死の不安である。

何十年か前まで、肉体労働が社会の多くを占めていた時代には、日々小さな傷を負い、血を目にして生きていたのだろう。肉体労働に従事していなくても、罅割れた手のひらや棘の刺さった指先から、血は日常の至る所で、流れ出ていたことだろう。

血と同じことが、魂についても言えるのではないか。魂という言葉を口にする時、今ではなぜかしら、尋常ならざる重みを帯びてしまう。或いは逆に、冗談めかした響きや物語の匂いを帯びてしまう。

魂はもちろん、昔も今も目に見える実在ではない。しかし以前は、今よりもずっと、魂を実体に近いものとして感じていたのではないか。相手の魂を両手に摑んで揺さ振ったり、まるでボールか何かのように、魂をぶつけあったりしていたのだ。

私たちは現在、全身に血を循環させ、何処かに魂を宿しながらも、まっすぐに向き合うこともなく、血と魂から、遠く隔たった場所で生きているのだ。

蛍光灯

蛍光灯のスイッチを入れると、言い淀むような唸りを伴って、まずグロウ球に光が宿る。グロウ球が数回点滅する間、管全体は、くぐもった光のまま耐えている。その後、グロウ球の光が行き渡ったかのように、管全体が一気に発光し、一度か二度怯みはするが、やがて決然とした光が、管全体に定着する。この一連の手順を、人のまぶたの動きになぞらえて、蛍光灯の瞬き、と呼んでいる。

これに対し白熱電球は、手順としては至って単純である。スイッチを入れると、何のためらいも怯みもなく、当然のように発光する。しかし、一定の期間が過ぎれば、その末期もまた、単純である。発光中に突然暗転するか、スイッチを入れても点かないかのいずれかである。

蛍光灯はある日、発光中に瞬きをするようになる。管全体が突然翳り、くぐもった光に退行したかと思うと、一瞬のうちに平静に立ち戻る。瞬きは例えば、数分に一度といった頻度で起こる。これがやがて、数十秒に一度となり、数秒に一度となって、ついには、くぐもった光のままで、苦しげに凝滞する。

しかし中には、しばらく周期的に瞬きを繰り返した後、まるで何事もなかったかのように、瞬きをしなくなることがある。あるいは、数分に一度の頻度が、数十秒に一度とはなっても、それ以降、進行が止まってしまうことがある。

それは多分、一種の慣性のような力が働くからだろう。あるいは、気温や湿度、電圧の微細な変化によるのかもしれない。しかし、瞬きを繰り返しつつ光を放つ姿には、物が持つ意志のようなものが感じられる。——蛍光灯は、過ぎ去りし日々の自分を、思い出そうとしているのだ。そしてただ、蛍光灯であろうとしているのだ。

瞬きを始めた蛍光灯を、いつ新しいものと取り替えるか、それは人によって違う。瞬きを始めた途端に廃棄してしまう人もいれば、瞬きを続ける蛍光灯と、共存する人もいる。壊れてしまったものとして、蛍光灯をソケットから取り外すとき、その人の内部で、弾き出され、こぼれ落ちる、何かがある。

フリスビー

フリスビーとは、合成樹脂でできた、競技用もしくは遊戯用の円盤である。ＬＰレコードにほぼ等しい大きさであるが、その縁は下方に向けて丸められており、また非常に軽い素材が選ばれているため、吸いつくように手になじむ。彩色については、オレンジ、イエローなどの鮮やかなものが多い。この円盤を使用して行う、競技もしくは遊戯を指して、フリスビーと言う場合もある。

陸上競技の円盤投げは、その投擲距離によって順位を争う。それと異なり、フリスビーは通常、二人一組になって、投げる動作と受ける動作を、交互に繰り返していく。言わば、キャッチボールの要領である。

物体を思った通りに投げるには、その物体に、一定の重さが必要である。フリスビーにはしかし、決定的に重さが欠けている。或るときは、風に流されて、受け手の右、もしくは左に、大きく逸れてしまう。また或るときは、受け手の手前で風に煽られ、大きく浮き上がるだけでなく、さながらブーメランのように、投げ手の近くにまで戻ってきてしまう。

フリスビーの魅力は、正にこの「ままならなさ」にある。投げ手の意図や想定を大きく逸脱し、芝生の上の澄明な空間に、一回限りの軌跡を描いて、フリスビーは飛ぶ。一回ごとが偶然であり、一回ごとが創造である。

しかし、或る時ふと、フリスビーに自分の意思が乗り移ったかのように、受け手に向かって、一直線に飛んでいくことがある。受け手の掌に、すっと吸い込まれていくときの、真新しい感覚。その時投げ手は呆然として、しばし全ての動きを止めてしまう。理解を超えた世界を垣間見たような、本当の自分に偶然めぐり会ったような、そんな気がして。

人差指

手の指は、五指それぞれに異なった役割を担っている。その中でも人差指は、際立って特異な存在である。取っ手を握る、拳で殴るなどという動作においては、五指の一つとして、協同と調和に服している。しかし一方では、単独者としての側面を持っている。いずれか一本の指で何かを為す場合、それは決まって人差指である。

例えば重い鞄を持つとしよう。五指でその取っ手を握るとき、意外にも中心的な役割を担うのは、中指と薬指である。人差指は、中指に寄り添って重量の多くを引き受けることもあるが、むしろ少し浮いた位置にあって、より自分に適した役割を、模索または夢想している。

得体の知れない何かに触るとき、それは人差指に依ってである。また、機械の内部を探らねばならないときにも、人差指が突き入れられる。単独者の常とはいえ、人差指は頻繁に危険に晒される。そして実際に傷を負い、血を流し、場合によっては、機械に捲き込まれてしまう。感電の衝撃を受け止めるのも、人差指である。

人の精神活動の全ては、脳の内部で行われる。現代では誰もがそれを知っており、疑うことはない。しかしそれでも尚、心が宿る場所はと問えば、実感としては、心臓を中心とする胸部と答えたくなるだろう。同様に、意志を司る場所を問うなら、答えとして、利腕の人差指こそ相応しい。寡黙に役務をこなすばかりの肉体に在って、人差指は、勝れて意志的な部位である。

人差指とは即ち、誰かを指し示す指である。指し示す対象はしかし、人に限られるものではない。食べ物や道具であってもいいし、場所であっても構わない。舞い落ちる桜の花弁。二つ先の交差点に立つ標識。山の頂。或いは、夜空に瞬く星の一つであってもいい。意志をもって対象物を指し示すとき、人差指の先からそれへと繋がる、一本の直線が浮かび上がる。

世界は闇に沈む混沌である。実に多くの事物が、絡み合って存在している。当然、全てを理解することはできないし、概略のみを適切に把握することも難しい。そのような世界の中から、人差指に指されたものだけが、明らかになる。他と区別され、意識され、名称を与えられる。次々に人差指を向けると、依然として闇に閉ざされた世界から、例えば家紋が、廻廊が、伽藍が、戒律が、息づき始める。肉体が滅びつつある時でさえ、人差指は、その動きを、止めようとはしない。

リンゴと落下

重心

枝にぶら下がるリンゴの果実である。しっかりと肥大し、陽を吸収して、色づきつつある段階である。リンゴにはリンゴの時間が流れている。それに応じてリンゴは、枝間に見える綿雲を眺めたり、ただぼんやり過ごしたりする。風に揺らされるのを楽しんだりもする。そのときリンゴは、自らの内部に目を向けて、考えようとしたところだった。そのリンゴは、当然のことながらややいびつな形をしていた。このいびつな存在である自分の、ある一点に思い到りたい、リンゴはそう考えた。そして、さながら測量技師のように、自らの内部を探り始めた。重心――私たちがそう呼んでいる一点に行き当たると、リンゴはあっ、と声を上げた。それから深く頷いたのだ。

重力

落果の時期が近づいているのを、リンゴは感じ始めていた。何がそう感じさせるのか、と誰にともなく問いかけたとき、リンゴは自らの重心に作用している、重力というものを認識した。もちろんリンゴは、大地というものを見知ってはいた。しかしそれは、土泥であり、地面であった。触れれば判る範囲のものを、知っているに過ぎなかった。今リンゴは、地球というものの存在を理解した。リンゴの重心と、地球の重心を繋ぐ重力が、一本の線のように見えたのだ。リンゴはもう、リンゴであってリンゴではなかった。少なくとも、もっと大きな存在だった。

自由落下

急な風が吹くのを感じたとき、リンゴは覚悟を決めた。その直後、プチッと音がし、リンゴは落ち始めた。自由落下。もはや、空気抵抗も摩擦もなかった。地球の重心から重力によって引っ張られ、そこに向けて、どこまでもおちていく。地表に触れたはずだが、何も感じなかった。リンゴの重心が、地球の重心と同一するまで、リンゴは落ち続ける。リンゴは歓喜に打ち震えた。

踊り場をめぐる断章

階段を使わない日はない。その存在は、私たちの日常に溶け込んでしまっている。そのため、「踊り場」という奇妙な言葉にさえ、改めて何も感じたりはしない。

踊り場は無論、踊るための場所ではない。西洋建築が取り入れられた明治期以降に使われだした言葉で、日本にしかない言い回しなのだという。くるりと方向を変える仕草が、踊っているように見えたとする説が有力だ。

建物の外側にある階段では、普段は気づかないけれど、踊り場に鉢植えがよく置かれている。誰がいつ置き、水遣りなどの世話がどうなっているのかもわからないが、見ると、小さな花が咲いていたりする。

建物の内側にある階段では、踊り場の壁に、窓が設けられていることが多い。意外な高さに窓はあって、立ち止まって眺めると、普段は目にすることのない風景に、驚くことがある。それは、風に翻る洗濯物であったり、駐車場で言い争う男女であったり、路上の廃棄物であったりする。もちろん、足早に通り過ぎるときに、遠くの山並みや、真昼の月が垣間見えることもある。

踊り場では、窓から奇妙に白い（或いは黄色い）光が差し込んでいる。斜めに差し込む光によって、踊り場のその部分だけが、ある種の幾何学性を帯びることになる。そのため、何かしらの非現実性や違和を、感じとってしまうことになる。また、踊り場では、意図不明の意匠が施されていることもある。抽象的な模様が壁に刻まれていたり、一部分が張り出していたりする。

踊り場で人は、律儀な折り返しを強いられる。そこを通り過ぎるとき、僅かながら違った顔つきになっているのかもしれない。或いは、外面は同じでも、内側に今までは無かった炎が生じているのかもしれない。

踊り場が視界を遮るため、この階段が結局どこに続いているのかは、本当は誰も知らない。

ヒメジョオン

ヒメジョオンは
中心に黄色を灯した
小さな白い花
それがいくつか
家族のように寄り添い
合って咲いている
一本の茎の上に
幾世帯かが集まって
いることもある
ヒメジョオンは

小さな花のわりに
ひょろりと背が高くて
風の中で
心許なげに揺れている

Ⅱ

幸福

世界は、私たちの目には見えぬ
美しさで満ちている

人も物もみな、それぞれに
美しさの断片のうちのたった一つを

体現するために創られた
変奇で無骨な、神の道具だ

ほら、秋の風が、稲田を吹き渡っていく
家々のベランダで、洗濯物が風に揺れている

頭の上には刻々と
姿を変えてゆく鰯雲

風に吹かれているものは見飽きることがない
風の動きが、そこに立ち現れるから

フランスの現代作曲家メシアンは
ペンと譜帳を手に夜明け前の森に入っていく

鳥の声にじっと耳を澄ましては
丹念に音符で書き表していく

そうしてまとめあげられたのが
ピアノと管弦楽のための曲「鳥たちの目覚め」である

会社が潰れ、私は
不幸に打ち沈んでいるように見えるらしい

しかしその実、一歩一歩踏みしめることで
私の心は不思議と安らいでいる

詭弁でも負け惜しみでもなく
掌にある一片の幸福に、感謝さえしている

ああ、人も物もみなそれぞれに
美しさの断片のうちのたった一つを
体現するために創られた
変奇で無骨な、神の道具だ

清明

桜が一気に咲き満ちて
見渡す限り
柔らかな賑いをほどこされている
公園のところどころでは
連翹の黄と、雪柳の白が
鮮やかな色で噴きこぼれている
まるで示し合わせたかのように咲き集うのは
大地に漲る春の息吹が
迸り出るからではないだろうか

真昼の空に星はなく
綿雲が音楽のように流れてゆくばかりだが
あの青空の向こうに確かに廻る天球があって
星々が美しい記憶のように
私を遠く取り囲んでいる

昨日と変わりなく、胸の一隅に痛みがあって
屈託なく笑うことなどできないのだが

こんな日に外に出て
花に向き合うのはいい
私たちも確かに自然の一部で
とどめ得ぬ息吹のいくばくかを
頒ち持っているように思えるのだ

この世界には時折
不思議な光を放つものがある

全ては生命に繋がっている
そう信じて
今日なら今日、明日なら明日の一日を
まるで永遠の生命があるかのように
輝いて、生きることならできるのだ

冬の日

見上げると、十二月の空は
薄墨の筆を何度も押し当てたかのように
ある所は黒く重く、別の部分は淡い灰色で
まだらのまま風に流され、形を変えてゆく

雲を透かして地に届く光は乏しく
樹々も人も、電柱や家の壁でさえ
あてどなく彷徨う獣のように
光に飢え、焦燥に駆られている

私は路上の小石を拾い
冷え切ったその塊を、ただじっと握り締める
握っていると、角ばった所が肌に食い込み
それだけで、何かに耐えていける気がする

道は野洲川に行き当たり
橋上から、川の流れを眺めていると
いつの間にか私の内部にも
一筋の小川が、音立てて流れている

視界が急に明るくなり、再び空を見遣ると
数条の光が、雲の切れ間から降り注いでいる
欅も、躑躅の茂みも、河原の草々までもが
自己を解き放ち、歓喜に打ち震えている

魂の物差し

月に二度ぐらいの割合で
五万トンの朝がやってくるんですよ、と
突然会社を休んだ理由をヨシタケは
悪びれずに言うのだった

それにしても、突然メールで一方的に
今日の会議はお任せしますってのは
いくら何でも無責任じゃないかな
私もそれくらいは言わないではおられない

想像してみてくださいよ
いつもの朝はせいぜい二十トンなのに
目が覚めたら五万トンを背負ってるんですよ
メールをするにも四十分かかりましたからね

先輩、それでボク、魂の物差しが必要だって
思い至ったんですよ
魂の物差しって判りますか
ヨシタケの話は益々遠くへ行くようだった

物差しって、長さを測るのに使いますよね
でも、魂の物差しは
真っ直ぐな線を引くためにだけ使うんですよ
どうしても手助けが必要な時があるんです

私としても、じっと聞いてはいられない
じゃあ、ヨシタケは
人の助けが必要ってことなんだな
一人で責任を持って仕事はできない、と

ヨシタケはなぜかウンウンと頷いて
真正面から私を見て言うのだった
先輩がボクの物差しである時もあるし
ボクもスギタやイマイの物差しになるんです

窓の外で、百舌らしき鳥がキイキイと鳴いた
思わず外を見た私に気づいたヨシタケは
立ち上がって窓辺へ行き、窓を大きく開いた
そして田んぼや古墳らしき小山を眺めた

鳥はみんな鳴き交わしているでしょう
蟬も一週間、力の限り仲間を呼ぶんです
小石は雨粒を、タンポポは風を、
魂の物差しにして、やっと完結するんですよ

私はヨシタケの話に納得した訳ではなかった
しかし、なるほどと思う部分もあった
昨晩、妻が何気なく言ったのだった
ほら蚯蚓が鳴く季節になったのねって

蚯蚓さえ他者を呼んでいるのをその時知った

十二月の空

私の左胸の上あたりが
絶えず揺らぎ、或いは疼くのは
そのあたりに巣食う、恐れの感情ゆえのこと
雑事が片付くほど、恐れに私の意識は向かう

恐れと愛、詰まるところはこの二つに
人間は突き動かされているのだという
不安も怒りも、恐れの一形態であり
愛とは、他人を許し、計算もなく与えること

窓の向こうに広がる十二月の空は
暗い雲に大方が塞がれ、しかも刻々と移ろう
雲の切れ間から日が差し込んでは
また急に暗転したりもする
私は知らず知らず、自らの恐れを
窓外の冬空に投影して見ているのだ

窓辺にはシクラメンの鉢が置かれている
ピンク色のやわらかな花弁を
下向きに、控えめに付けている、しかし
その姿であろうとする意思のようなものが
花全体から発せられ
私を捉えても尚、広がり続けようとしている

夜明けに食器を洗っているのは

夜明けの台所に立って
ひとり食器を洗っているのは
奇異なことかもしれないけれど
どこの家でも誰かがきっと
こうして洗っているのだろうし
疲れて食後に眠ってしまい
夜明けに起き出すことだって
私だけではないのだろう

茶碗や皿や鍋やボウル

目の前の汚れた食器はとても
洗い終えられないように思える
まずはここまでと区切りをつけて
何も考えずに皿なら皿を
じっと洗い続けることにする
区切りまで行って目を遣ると
食器の山もさすがに少し減っていて
そのぶん心も軽くなるのだ

夜明けに水音をさせながら
例えばひとり本を読むように
ひたすら食器を洗い続ける
私の娘は喘息で一昨年ずいぶん苦しんだ
今はめったに咳をしないが
コホンと音が聞こえれば

蛇口を閉めて耳を澄ます
再び食器を洗い出すと
私の周りも心の中も
なんだかじいんと静かになる

ずっと洗い続けていると
戸外の風の流れさえ
肌に感じることができる
地球が自転している音や
天体の運行している気配まで
私の耳に届いてくるようだ
普段は見えない心の井戸が
ずうっと深くまで見通せて
遥かに遠い水面に
下弦の月が映っている

どこまでも

たとえば授業の準備をしているとき
それは仕事の一部の筈だが
私の中には「どこまでも」という
感覚が芽生えている

自転車に乗ると、風が心地よい
速く移動できることが楽しい
私はいつの間にか目的地を忘れて呟くのだ
「どこまでも」と

私が日々つらいのは
人から何か言われる度にそれを
批難や否定と受け取ってしまうからだが
私はこれが「どこまでも続く」と
思ってしまうのだ

どこまでも続く道など無いと知っているのに
残りの人生の方が少ないと知っているのに

深夜の歩行

仕事がらいつも終電に乗って帰る。
そのため人身事故で
少しでも列車が遅れてしまえば、
乗り継ぎの列車に乗ることはできず、
私はあまり馴染みのない途中駅で、
深夜の街に投げ出されることになる。
三月四日午前一時、大阪市天下茶屋駅。

タクシーに乗ればいい。
それは判っていても、

ただ家に帰るということの対価としては、
私にとって大きな負担だ。
「歩いて帰ろう。
　行けるところまで歩いてみよう。」
闇に消えていく四、五人の背中を見詰めて、
そう自分に声をかけた。

たいていそうなのだ。
単純で愚直で、自分ひとりでできる方法を、
気が付けばいつも選んでいる。
コンビニでバナナを買って食べ、
およそ十キロと見当を立てた。
道は判らないが、
南海線の高架沿いに南へ行き、
どこか太い道で東へ行けばと思っていた。

最初は走った。
すぐに岸里の町名表示。
しかしそれからは行けども行けども、
帝塚山を冠した地域から出られず、
線路沿いの道も行き止まり。
蛇行する住宅街の細道を辿っているうち、
方向すら分からなくなってしまっていた。

大阪の市街地なのだから、
東西と南北に何本も太い道路が走っていて、
それを通ればいい筈だった。
そんな考えの単純さを嘲笑うかのように、
道は枝分かれを繰り返し、
そのたびにますます細くなっていく。

これではタクシーを拾うこともできない。
思わず取りだした携帯電話は、
電池残量がわずかであると示していて。

かなりの道のりを歩いている筈なのに、
住居表示は帝塚山のまま。
立ち尽くして前方を見つめていると、
電車の架線らしきものが目に留まった。
阪堺電車だ、南海線と平行に走る路面電車。
助かった。
これで少なくとも南北は判る。

長居公園通りを東へ。
あとは長居の交差点を右折するだけだ。
一歩ごとに確実に家に近づいていく。

様々な地名が地続きであると感じられる。
今まで意識することのなかった夜空が開け、
変わらず歩いているだけなのに、
天体の一員になったような気分がする。

鍵と錠

鍵は永遠性を帯びている
何かしらの秘密を収めて、鍵をかけると
その秘密は永久に保たれるように思える
あるいは確実に独占できたような気がする

開けるための鍵と、戸に付随する錠
鍵穴に鍵を差し入れて回すとき
鍵と錠は一体になって回転し、戸が開く

しかしそのとき、鍵も錠もそれぞれに

ごく僅かずつだが摩滅しているのだという
ポケットに入れて持ち歩く鍵が
知らぬ間に少しずつ変形することもある

家の鍵があきにくくなったと思っていたら
ある日とうとうあかなくなってしまった
鍵穴には入るものの
つかえたようになって回らないのだ

訊くと、鍵にも寿命があって
十五年から二十年だという

鍵と錠も、やはり、
日々失われつつ在るもののひとつなのだ

鍵は永遠性を帯びている
鍵を掛けたきり
永遠にあかなくなることもある

過ぎ去るもの

過ぎ去ってゆくものがある
例えば宇宙空間を
ひたすら突き進む彗星のように
自らを燃焼させ
それゆえにできた長い尾を引きずりながら
ひとときとして留まることなく
ただ過ぎ去ってゆくのだ

過ぎ去ってゆくものがある
例えば桜の花びらのように舞い

風に流されたりもしながら
例えば花ごと落ちる椿の花のように
何の前触れすらなく決然と
生命と重力が命ずるままに
ただ過ぎ去ってゆくのだ

目をじっと凝らすと
いまこの瞬間にも
私の前を過ぎ去ってゆくものがあるのだ

あるいは私こそが
過ぎ去ってゆくものかもしれない
一定の時間と空間を
ただ一端からもう一端へと
持続して輝いたり

一瞬だけきらめいたりしながら
過ぎ去ってゆくものかもしれない

分数

割り算の筆算を
どこまでも続けていく
のではなくて
割り切れない計算は
分数のまま置いておく

そんなふうに

おれが正しい、とか
本当はこうあるべきだ

とかではなくて
割り切れない気持ちを
分数のまま置いて
おくことはできないか

Ⅲ

乖離

単なる偶然に過ぎないにしても
共通の目的を命じられて
同じ列車に乗り合わせたからには
差し障りのない何かを言えばいいのだろうが

誰も行き先は知らないらしく
窓外の殺伐たる街並みを
不安げに眺めたりしている

時折停車する駅はいずれも廃墟で

建造物の破片や瓦礫が
折り重なっているばかりなのだ

斜め向かいの男たちは口論を始めたようだ
今にも摑み合わんばかりに昂った声

どうして争い合わねばならないのか
絶対的な正しさなど何処にもなく
互いに一面の正当性を
声高に言い合っているに過ぎないのに

いたたまれなくなった私は
今まで通ってきた駅の名前を
思い出すことで気を紛らわそうとするが

毎日少しずつ体内に蓄積されて
ある量を超えて初めて
急激に発症する病いのように

自分の今の位置が判らなくなっている

斜め向かいの席からジュースの缶が落ち
液が黒々とした線となって
列車の床を汚してゆく

次の駅でこの列車から降りることにしよう
取り返しがつくのかつかないのか
それはとりあえず不問にして

散らばる破片を拾いに行くのだ

もはやそれを
繋ぎ合わせることなどできないとしても
かつてそうあったであろう姿を想起しながら
破片の一つ一つを手に取ってみるのだ

睡眠

眠りはけっして一様なものではない

眠りに落ちてしばらくすると
あなたの魂は、その時々の異なったやり方で
不思議なたましいの仕事をする
ひたすら横たわる身体を離れて
夜の世界へと出掛けてゆく

星のない冬空の下、たとえばあなたは
ただいっしんに走っている

そこは平坦な一本道で、左右には
背丈ほどの裸木がえんえんと続いている
走る目的はわからない
確かなのはただ
星のない世界に幽閉されるという
恐怖心だけである

あるいはあなたは、かもめの目で
夜の浜辺を眺めている
波は長い道のりの果てに
繰り返し全てを投げかけてゆく
昼間残された足跡を均し
岩をのぼる磯蟹や
宿借りの餌食にされた富士壺ごと
波は飲み込んで連れ去ってしまう

またあるいはあなたは
死に別れた母の、すぐそばに立っている
（元気な頃の姿や
　せめて何か語り合えればいいのだが）
いつも決まって、苦し気な顔で俯いている
あなたが思わず声を出すと
すっと見えなくなってしまうのだ

目覚めもやはり一様なものではない

朝、身体が魂を迎え入れる時
鈍い痛みを伴うことがある
握り拳の中で爪が食い込んでいたり
泪と共に目覚めることもある

しかし、魂の表面は
川原の小石のように
いくらかまるく、滑らかになっている
昨日と違う今日の自分に
生まれ変わることができるのだ

光の樹

目を閉じると私の内部に
一条の光が差し込んでいるのがわかる
それは遥か彼方にある
光の樹から届いたものだ
光の樹はヒーレナジーの丘にあって
三千大千世界に向かって絶え間なく
何者をも貫き輝かせる光を放っている
光の樹は空の一角を抱え込むほどの巨木で
その幹はファイアオパールの遊色を湛え
その頂は噴水のように

ルビーレッドの光を天に放ち続けている
千の枝々には億の葉が生い茂り
ペリドット色やヘリオドール色の葉は
風が吹くと互いに打ち合わさって
煌めきながらカリヨンの音を響かせる
心の底に井戸のような黒い穴のある人々は
一心に徒歩で丘を目指し
両手を広げて光の樹の前に立つ
光に差し貫かれると全身が透き通り
肋骨や背骨が透けて見える
痛いような歓びの中で
今まで口にしてきた言葉の全てを
もう一度一気に吐き出してしまうのだ
気を失いその場に倒れ込むことになるのだが
その後に訪れるのは穏やかな光の夢だという

もし目を閉じてあなたの内部にも
一条の光が射し込んでいるのなら
その先の射す方角に向かって
今すぐに歩き出すがいい
光の樹はヒーレナジーの丘にある

硬直

危険を感じると、筋肉が瞬時に硬直し
戦うため、或いは逃げ出すために身構える
それは人間が獣だった頃からの、悲しい習性
言葉を持ち、道具を使ってはいても
結局危険が近いか否か、獣と同じ感性に
未だに縛られているのかもしれない
相手が敵意を抱く個人であっても、或いは

何か得体の知れない巨きなものであっても
日々怯え、戦い、傷つき、時には逃げ
その痕跡はその度に、何かの形で残り続ける
忘れ去ったつもりでいても、身体こそが
凝りや歪み、臓器の不調として記憶する

夜の雑踏では、壊れゆくものたちの放つ光が
交錯し、私は光に射貫かれつつ歩いてゆく

床に就くと眠りに落ちるのは早い、しかし
夢の中でも、また石の眠りの中でも
怯え、戦い、傷つき、或いは逃げているのか

目覚めの砂浜は、穏やかに起伏してはいるが
首や肩、腕の筋肉は酷く強張っており
日ごとに硬直してゆくのを、止めることができない

苦しみについて

夜の路上には無数の影が交錯している
私の足許からも数本の影が伸びていて
街灯や月、家々から洩れる明かりなど
多くの光が私を照らしているのがわかる

苦しみの度合いを他人と比べることはできない
誰かの胸に手を当てて尋ねることも
目を覗きこんで測ることもできず
許されるのはただ
自分の苦しみをどうとらえるかだけなのだ

鳥が羽毛に血を滲ませるように
私も時折、見えない血を流すことがある
しかし苦しみとはきっと
巨大で入り組んだ構造を持つ何かであり
私に与えられたのは、その僅かな断片なのだ

一匹の魚、一個の果実を味わい尽くすように
一日のもたらす実りの全てを
両手で受け取ることができるだろうか

夜の路上に動くものの気配はないが
私の足許からは数本の影が伸びていて
多くの光が私を照らしているのがわかる

悲しみについて

日々起こる辛い出来事の一つ一つを
（それは私の存在が
　踏みにじられるようなこと）
じっと握りしめたまま
寝返りを打つしかない夜が
私にもあって

身体のどこかに微細な裂け目が
次々に生まれて
無数の糸のような血が流れ続けて

気が付くといつのまにか
繭か卵のような狭い空間に、私はいて
内側から一枚ずつ皮膜が剝がれるように
（本当に長い時間をかけて）
違う世界に向かって開かれていく

私を取り囲む覆いが
すっかり見えなくなった頃
握りしめていた手を開くと
透き通った魚の背骨のようなものが
そこにはある

十八世紀の大作曲家が
死を前にして残した曲には

楽器の指定すらなく
空間に鳴り響くよりむしろ
心の中でのみ奏でられるのに相応しい

掌の上からつまみあげて
陽にかざすと
私を傷つけた辛い出来事の面影はなく
さながら悲しみそのもののように
冷たく、透明で、尖っている

掌にのせて、もう一度強く握ると
突き刺す鋭い痛みを通して
冬枯れの大地の広がりと
そこに点在する生命の震えが
遠く微かに、伝わってくる

勾配

真っ直ぐにただ真っ直ぐに
重層する意味の中を歩いている
石塊を拾う
或いは足許の草花を踏み躙るなど
何気ない動作の一つ一つが
何かに繋がり、または
何かを断ち切っている
たとえ見渡す限りの風景が
平板で、見慣れたものであったとしても
同時に夜の冷気を素肌に感じ

遠くの叫び声に向き合うことができる
一歩踏み出すごとに
足が重く、息が苦しくなってくるのは
目の前に広がる景色の裏側で
心的に、或いは霊的な意味に於いて
勾配を歩き続けているからかもしれない
少し前から右脚の古傷が酷く痛むが
痛みが一層強く、鋭くなっていくようなら
それはきっと
何かの高みに差しかかっているからなのだ
数分後、或いは一瞬後にも
別の明日に続く確かな道が
息を飲むほど見事に開けるかもしれない
真っ直ぐにただ真っ直ぐに
重層する意味の中を歩いていく

心塞ぐ時には沈痛の歌を
心急く時には焦慮の歌を
友として、絶えず口遊みながら

雨と理由

ときおり稲光の閃く
不穏な夏の夕空の下を
走らねばならない時があるのだ。
雨は弾丸のような大粒で
犇めく頭上の闇雲から
間断なく落ち続けている。
目の前には荒地が広がり
その先には明かりの仄見える小屋がある。
そこに何かを届けるのか
そこで誰かが待っているのか

理由は一切判らないのに
私は役《えき》を課された罪人のように
とにかく行かねばならないのだ。
こうして楠の大樹の下に立ち
誰にともなくきりきりと
急がされ責められている間にも
雨は容赦なく降ってくる。
不思議なことに
雨粒の内のあるものは
皮膚を伝って幾つもの筋となって流れ落ち
別のあるものは
皮膚を突き抜けて体内へ
(あるいは心の中にまで)
降り入り沁み入ってくるようだ。
雨は時に疼痛をもたらし

私の何かを
変容せずにはおかないらしい。
あの小屋にたどり着くとき
私は別人になっているのか。
あるいは
透き通り光り輝いているのか。
それとも溶けて無くなっているのか。
ときおり稲光の閃く
不穏な夏の夕空の下
私は息を呑んで走り出す。

Ⅳ

シエイブル・スケイル氏の人生最高の日

シエイブル・スケイル氏は、イギリスの田園地帯に住む六十七歳の男性である。彼は時折、偉人と称される。しかしその理由を、一言で語ることは難しい。例えば彼は、五ヶ国語を自由に操ることができる。四十二歳から始めたピアノが、現在ではプロ級の腕前に達している。十四もの国家資格を持っている。それは確かに素晴らしいことだ。ただ、おのおのを見ると、それに優る者が存在しないとは、断言できないだろう。

シエイブル・スケイル氏の凄さは、その軌跡に、獲得までの過程にある。彼に言わせれば、誰でも母国語を四、五年で習得するのだから、二十年あれば五ヶ国語は自然と身につく、ということになる。ピアノについても、一日二時間ずつ練習すればだれでもこの程度にはなるだろう、と、そんな調子だ。皮肉でも自慢でもない。全ては淡々と語られる。

例えばシエイブル・スケイル氏が、三万語の単語を覚えようと思い立つとしよう。彼は三万を三百六十五日で割り、次いで一日七語で割り、十二年という数字を得る。彼にとっては、そういう計算上の数字が、即、実際の数字となる。シエイブル・スケイル氏には、目標を達成するまでの日々が、階段状の光景として、イメージできるのだと言う。その日数がどんなに膨大でも、一つ一つの段が、目盛りのように見えるのだと言う。昨日の彼が知らなかったことを、今日彼は知っている。明日は更に知っている。言い換えれば、昨日の彼と今日の彼は、他の誰よりも確実に、異なっているのだ。

シエイブル・スケイル氏は、六十七歳の男性である。意地の悪い聞き手は、忘却や、記憶力の減退について、つい口にしてしまう。彼は穏やかに笑って答えるのだ。それについてはあまり考えたことが無いのだ、と。今日という日は常に、彼の人生最高の日である。

笛と儀礼――Y県O村

独自の通過儀礼を、営々と伝えている、ある山村の話である。

その村では、男女とも十六歳になると、奇妙な試練を課されることになる。七月の終わり、その年齢の者たちが集められ、これから乗り越えるべき課題が示される。その後、一人ずつ引き離され、村に点在する小屋に連れて行かれる。そこで独りで寝起きし、ありものので腹を満たし、課題を果たすまで誰とも口を利かずに過ごすのだ。

課題とは、自分で笛を作り、その笛で村に伝わる曲を、躓かずに吹き通すことである。

笛の材料は、村のあちこちの湿地に自生する「笛の木」と呼ばれる植物である。その枝を自分で切り出し、まずは手頃な長さに整える。次に錐や針金で、縦穴を貫通させる。後はいくつかの指穴を、自分の考えに従って開けるのだ。

　笛の木は不思議な植物だ。枝の太さや反り具合、堅さや樹皮の厚さまで、個体ごとに著しく異なっているのだ。それ故、笛に加工するための決まった方法は存在しない。若者はそれぞれに、全くの無から、自分だけの方法を見つけ出さねばならないのだ。ただの一音でさえ、まともに出すのは難しい。そこから指穴を開けていき、或いは一度開けた指穴を塞いで開け直し、音階を出せるようにするのは、更に難しい。

　村では「はやぶし」と「ゆるぶし」という二つの曲が歌い継がれている。一種の歌曲ではあるが、歌詞はなく、通常は母音のみで歌われる。どちらもごく短い曲だ。若者は、このうちのいずれかを選んで、笛で吹くのだ。

　どんなに器用な若者でも、最初の一音をきれいに鳴らすには、三日はかかる。一曲を仕上げるまでには、誰もが病人のように痩せていくことになる。もちろん、寝ることも食べることも許されてはいる。しかし、一人前の大人に、自分だけが成れないのではないか、という不安が、若者を追い詰めていくのだ。何本もの枝が打ち捨てられ、指にはタコができ、唇からは血が滲むようになる。

十日を過ぎる頃になると、村のあちらこちらから、曲の断片が響きだすようになる。立ち遅れた者は、いっそう追い詰められることになる。

しかし、全ての修練がそうであるように、ひたすらな努力の後に、突然の飛躍がやってくる。たとえば、途切れ途切れの音しか出せなかった者が、あるとき、まるで曲に導かれたかのようにして、急に滑らかに吹けるようになる。

夏の暑さも盛りを過ぎ、空に秋の気配が混じり始める頃、最初の達成者が現れることになる。実に不思議なことだが、躓かずに吹き通すことができたときには、村じゅうの誰の耳にも、その音がはっきりと聞こえるのだという。そして、その音の主が誰なのかまで、たがうことなく判るのだという。

交通の途絶した、不便な山村ではあるが、物好きな者は行ってみるがいい。口笛のような音色の「はやぶし」が、或いは、胡弓の溜息のような「ゆるぶし」が、晴れ渡った空に響き渡るのを、運が良ければ、耳にできるかもしれない。

直線

中学一年の数学の授業でのことだ。

T先生は出席を取るとすぐ、黒板の左側から右側に向けて、一メートルほどの線を描いた。そして、左端にA、右端にBと、それぞれ記号を書き加えた。

「今描いた線を、これからは線分ABと呼びます。AとBをつなぐ、限られた長さの線のことです。」

僕は思わず、教室内を見回した。いつもと勝手の違う授業に、誰もが多少戸惑っているようだった。先生は、それには構わず言葉を続けた。

「線分に対して、直線という言葉があります。小学校のときは、ただ単に真っ直ぐな線という意味でこの言葉を使っていたと思います。しかしこれからは、どこまでもつづく真っ直ぐな線のことを、直線と呼びます。」

先生はそう説明すると、AとBの記号を黒板消しでスッと消し、線を黒板の左右の端まで、それぞれ描き足し始めたのだ。見る見るうちに、黒板の端から端まで、一本の線が引かれることになった。

「先生!」と、河野君がいきなり大きな声を上げた。「どこまでも続くって、どこまでですか?」

クラスの半分がどっと笑い、もう半分は、そうだそうだと言うように、大きく首を前に倒した。

「いい質問だ。今は黒板の中にしか描けないけれど、本当はこの教室をはみ出して、町や海さえ突き抜けて、宇宙の果てまで続く線だ。」

「うっ、宇宙!」今度は僕の後ろの細田君が、調子外れの声を出した。

僕も細田君もちょうど同じ気持ちだったのだと思う。教科書やノートの中にきっちり納まっていた数学が、突然、社会や理科さえ凌駕して、宇宙の果てを目指し始めたように思えた。先生を見ると、ようやく一区切り話し終えて、少し表情を緩めたようだった。

「もちろん、宇宙の果てと言っても、それは飽くまで数学の話で、現実の世界で真っ直ぐな線が引けるかどうかは、理科の先生の範疇だ。みんな知っているように、地球はほぼ球形だし、光ですら、宇宙空間を直進するとは限らないようだから……」

しかし、その授業の後、僕の心の中には、確かに一本の直線が存在した。校庭に寝転んで何気なく空を見上げたときや、疲れて目を閉じたとき、銀色に輝く真っ直ぐな線が、どこまでも伸びていくさまが、僕には確かに見えたのだ。

完璧な図形

小学五年生のときのことだ。

僕は学校の宿題をやっていた。角柱や円柱の展開図を描く問題だった。展開図自体はすぐに頭に浮かんできた。立方体も六角柱も、難なく描き上げていった。ところが、円柱に差し掛かったところで、思わぬ苦戦をすることになった。底面の円がなかなかうまく描けなかったのだ。半径一センチというのが小さすぎたということもある。コンパスの針が中心から動いてしまったり、ぐるりと一周して描いた弧が、起点と微妙にずれたりで、消しゴムとコンパスを手に、悪戦苦闘していたのだ。

「うまく円が描けないのか。」

声を掛けたのは、大学に通う年の離れた兄だった。

「そうなんだよ。小さすぎることもあると思うんだけど、実は、コンパスでうまく円を描けたことが、あんまりないんだよ。なにかコツってあるの。」

兄とは八つも離れているせいか、対抗心のようなものはほとんどなかった。兄ならきっと教えてくれる、そんな期待もあったかもしれない。兄は近くに来て、僕のノートを手に取ると、パラパラとめくって見ていた。

「何度も描いて練習することだな。」

兄の答えは僕の期待に反したものだった。一番聞きたくなかった答えでもあった。しかし兄は、決して月並みなアドバイスをしているわけではなかったのだ。

「カズは、今までにいくつぐらいの円を、コンパスで描いてきたかな。」

「うーん、二十ぐらいかな。」本当は、その数さえ随分と怪しいものだった。

「円というのはな、完璧な図形なんだ。中心から等しい距離にある曲線で成り立っている図形。すごいと思わないか。」

正直なところ、何がすごいのかはよく判らなかった。しかし、兄が嘘や冗談を言っているのではないのは、十分に判った。

「正三角形も正方形も、円になりたがっているんだぞ。それくらい円は完璧なんだ。そのことに気付いてからは、毎日のように円を描いていたもんだよ。」

そう言うと兄は、コンパスを手に取って、僕の描きかけの展開図の上で、すっと一回転させた。

そこにあるのは、完璧な図形の、完全な姿だった。本当に美しい、半径一センチの円だった。

「カズ。円だけじゃないよ。この世のものとは思えないような美しいものが、身の回りにもたくさんあるんだ。たとえば、紙飛行機とか、自転車とか、割り算の筆算とか。」

それ以来、割り算の筆算で最後にゼロを書くと、なんとも言えず幸福な気分になるのだった。紙飛行機も自転車も、きらきらと輝いて見えるようになったのだ。

地球の自転

勉強部屋まで聞こえる父のいびきに、悠紀は気が付いた。父は以前からいびきをかいていたが、最近は特に酷くなっているようだった。仕事のことなどめったに家では口にしない父だが、どうやらうまくいかないことがあるようだ。酒量が増えるとともに、いびきが増えているように、悠紀には思えた。

悠紀は時計を見た。いつの間にか十二時半を過ぎていた。いびきが聞こえるまで、時間が経つのも忘れるほど、二次関数の問題を解くのに集中していた。少し休憩しよう。悠紀は受験勉強の手を止めて、天文学の本を手に取った。

悠紀の趣味は、天文学の本を読むことと、サッカーだった。サッカー部はこの夏休みいっぱいで引退で、その後は高校入学まで、サッカーはお預けになる。天文学とサッカー。全く無縁のようなこの二つがしかし、悠紀の中では、分かち難く結びついていた。悠紀の理想とするサッカーは、パス回しが、天体の運行のように精緻に、理路整然と行われるものだった。天文学の本を読みながらサッカーに思いをはせるのが、悠紀にとって最高の喜びであり、また、受験勉強の合間の気分転換だった。

しかし、ここのところ読んでいる本は、今までの天文学書とは、いささか趣の異なるものだった。精緻に、理路整然にという、天体の運行についての考えが崩されるようなものだったのだ。今日、悠紀が目にしたのは、地球の自転が一定の速度ではなく、どんどん遅くなっているというものだった。

「正確に測ってみると、地球の自転の速さは、決して一定のものではないことがわかったのです。じつは、地球の自転は、どんどん遅くなっていたのです。……それは、地球が回転しているエネルギーがいろいろなものに食われる、つまり回転を邪魔するさまざまのブレーキがかかっているせいなのです。」

その本によると、海水と海底の摩擦もブレーキであり、空気と陸地との摩擦もブレーキであり、地球そのものが太陽や月の引力を受けて変形するのもブレーキであるということだった。また、地球の内部で溶けた金属が動き回るのも、ブレーキになっているのだという。

悠紀は本を置き、部屋のドアの隙間に目をやった。父のいびきは、大きくなり、小さくなりしながら、まだ聞こえていた。父は日々どんな思いで働いているのだろう、悠紀は唐突にそう思った。悠紀には父のいびきが、地球のあげる悲鳴のように、聞こえてくるのだった。

※引用及び参考にしたのは、島村英紀著『教室ではおしえない地球のはなし』（講談社）

階段

階段の切れ端、とでも呼べばいいのだろうか。わずか十段ほどの階段が、唐突に、目の前に現れたのだ。そこは日暮れ前の公園で、上るべき建物もなく、何かの障壁を越える為のものでもないようだ。それでは遊具の一種なのか。いや、そうでもあるまい。遊具らしい彩色も、付属物も何もなく、灰色の踏面と蹴上、それに手摺があるだけの、至って単純な代物だ。

以前にも、これと似たことがあった。町工場や雑居ビルに囲まれた路地を歩いていた時のことだ。路地から少し逸れた空地に、階段の上り口があったのだ。その階段は、「切れ端」ではなかったものの、カーブを描いてビルの向こうへ消えていた為、どこに続いているのかはわからなかった。上ってみると、左にカーブしながら、ビルの間を縫うようにして続き、その先はなんと、高速道路の非常口に繋がっていたのだ。

多分その時の経験が作用していたのだろう。それに元々、「馬鹿と煙」の喩えではないが、高い所に上るのが、嫌いな方ではなかったのだ。気がつくと既に二三段、上り始めていた。続けて何段か上ると、驚いたことに、十段ほどだった筈の階段が、更に数段伸びていたのだ。一歩踏み出すごとに、先端に新しい一段が現れる。どうやらそんな様子なのだ。この一風変わった鬼ごっこにつられて、いつの間にか、大方の建物や電柱より、高い所に立っていた。

下を見ると、やはり身が竦んだ。しかし、上方に目をやると、不思議なほどに恐怖は感じなかった。日暮れに近い空は、色が少し褪せてはいたが、人を誘うような美しさがあった。確かにそこには、別の時間が流れていた。わずかに浮かぶ綿雲は、遠く夕日を浴びて、至福に浸っているようだった。一歩一歩上るたびに、自分がその世界に近づき、身体が徐々に軽くなっていくように感じられた。――高く、もっと高く――呪文のように唱えながら、更なる高みに向かって、確実に歩を進めていった。

一心に上り続けていたが、さすがに一息つきたくなった。手摺をしっかり摑んで、右足を前に踏み出した姿勢のまま、しばらく休むことにした。視線を前方に戻すと、遥か彼方に、地平線が弧を描いていた。大地が平面ではなく球体であることが、一瞬にして理解できた。地平線を眺めていると、視界の端に、何か動くものがあった。目を凝らすと、それは、階段だった。こちらよりもやや低いと思われる階段が、五六百メートルほど先にあり、若い男がやはり、一心に上り続けているようなのだ。目の焦点を変えて見渡すと、驚くべきことに、その右にも左にも、同様の階段が見えるのだった。——誰もが皆、天の高みを目指している——思わずそう、叫んでいた。

日が暮れた。色を失った空は、闇としか言いようがなかった。しかし同時に、無数の点としての星々が、息苦しいほどに取り巻いていた。階段は更に伸び続け、その一段一段を、尚も踏みしめていくのだった。

涙府

何か辛い出来事が起こると、胸のある箇所が痛んだり、重苦しくなったりするだろう。そこが涙府だ。古来中国では、涙が集まる所という意味で、涙府と表記されている。人は全身で悲しみ、身体じゅうから滲み出た涙が、徐々に涙府に溜まってゆく。涙府の存在が西洋医学で黙殺されてきたのは、ある人には鳩尾《みぞおち》にあり、別の人には両鎖骨の下にあるといった、その在り方の異端性に因る。また、拳大のものが一つ在ることもあれば、小豆状のものが、胸全体に多数散在していることもある。

涙府が涙によって肥大した場合、そこに独特の痛みが生じる。涙府の位置によっては、それが胃や肺を圧迫して、他の病気と間違われることも多い。涙府の不愉快な痛みから逃れるには、無論、涙を流して排泄するより他はない。昔から、様々な形で人は涙を流してきた。川のほとりで女たちが群れをなし、夕陽を浴びながらただ涙したり、眠りの前の祈りの時に、決まってひとしずくの涙をこぼしたり、生活のある場面に、自然なものとして涙は在った。

私たちが今日《こんにち》直面しているのは、胸の痛みに苦しみながらも、涙を流す術を知らない、という問題である。人間に本来備わっているはずの自衛機能に、明らかに狂いが生じている。ところが先日、ふとしたことから、涙府にまつわる、実に興味深い体験をした。

その日私は、月一度の営業所での会議のために、岐阜県のT市を訪れた。異なる立場に立っていれば、相手の事情が見えなくなるのはよくあることだ。何かの契機さえあれば、日頃の業務の中で感じる不満が、営業担当者の口を衝いて出ることになる。自分の言葉に興奮して更に言い募る男を前に、私はこちらの事情を精一杯説明したが、最後は、高圧的に言い捨てることになってしまった。

会議の後、激しい疲労と無力感で、駅までの道のりが異様に長く感じられた。会議の席上、強いて強気に振る舞っていたが、全身から徐々に滲み出た涙が、私の胸のひとところに、ずっしりと重く溜まっていた。鈍い痛みが、もう何時間も続いていた。

ようやく駅舎の見える所に来た時だった。視界の端を、何かが横切ったように感じられた。――流れ星か、そう思って夜空を見上げた瞬間、満天の星の輝きに、圧倒されてしまったのだ。さながら窓ガラスを割って流れ入る突風のように、両方の目を通じて、満天の星が、胸に流れ込んで来たのだ。あっ、と声を発し、私はその場に蹲ってしまったのだ。

何分、いや何十分そうしていただろうか。立ち上がった時には、胸の痛みはすっかり消え、涙府の所在すら定かではなかった。もう一度夜空を見上げても、それは単なる星空に過ぎなかった。

以上が私の体験の一部始終だ。読者の中には、疲労がもたらした幻覚の一種だと、笑うものもいるだろう。しかし、あれは決して、幻覚などではなかったのだ。その証拠に、私の胸の、かつて涙府のあったあたりには、無数の星々が懸かっていて、今も確かに、透明な光を投げかけているのだ。

邂逅

彼は今まで、自分以外の何かに生まれてくればよかったと思ったことはなかった。全てを御破算にしたいと考えたこともなかった。確かに、彼は人と接することに、絶えず居心地の悪さを感じていた。また、或る種の潔癖さが、彼の欠点になることもあった。そういう意味では、営業という今の仕事が辛くもあったが、彼にとって人生とは、ある種の不自由さを必ず伴うものだった。

彼は時折、営業に不向きだと言われることがあった。しかし彼自身、営業に向いているなどとは思っていなかったし、だからこそ努力の甲斐があるのだと、開き直る気持ちもあった。けれども最近、不向きだと言われることが、度重なって起こった。糸のような矜持が断ち切れ、自分に対する否定的な思いが、彼の日々を暗く濁ったものにした。

その日彼はいつものように家を出た。ところが、駅の改札の前で、定期券を忘れてきたことに気がついた。仕方なく彼は切符を買ったが、そのために、いつもの電車に乗り遅れてしまった。次の電車に乗っても、僅かに遅刻する程度だったが、反対側のホームに入ってきた電車に、思わず彼は飛び乗った。それは学生時代に彼が利用していた路線だった。扉が閉まった瞬間頭に浮かんだのは、彼が以前聞いた、「邂逅の塔」の噂だった。それは、彼が通っていた学校から、駅にして二つ離れた場所にあり、学生達は、一種の怪奇譚として語り継いでいた。何かに行き詰まり、真に生まれ変わりを願う者だけが入ることができるのだという。入ったことのある者は身近にはいなかったが、噂によれば、或る者は真に生まれ変わりを果たして現世に戻り、或る者は塔の頂から身を投げる。以前の彼であれば、自分には無縁のものとして遠ざけるのだが、今の彼は、そこに行くことを、逃れられない運命のように感じていた。

駅を降りると、まるで吸い寄せられるように、足が動いた。二十分ほど歩いただろうか。ふと顔を上げると、確かにそこに塔はあった。白い建物で、縦に長くした病院のような感じなのだが、不思議なことに、所々にしか窓がなかった。何階建てなのかさえ、判然としなかった。正面の扉を叩いてみたが、何の反応もなく静まり返っている。仕方なく彼は、建物の外部にある螺旋階段を上り始めた。

上り始めると、周囲の音が聞こえなくなった。見下ろす景色も、通常の見え方とは、全く違って感じられた。螺旋を一巡りすると、十数秒前に見た筈の同じ風景が、何故か明るく透き通ったものに見えるのだ。もう一巡りすると、それはより一層顕著に感じられた。それとともに、遠い出来事のいくつかが、脈絡もなく思い出された。

——遠い昔、彼は一人で山に登り、道に迷ってしまったことがあった。進む道しか残されていなかったが、目の前にあるのは深い谷間で、頼り無げな吊り橋が架かっているだけだった。思い切って渡り始めたが、不吉な軋みが聞こえてきたので、四分の一ほど行ったところで引き返した。止むなく彼は、背に負った荷物を下ろし、そこに置いていくことにした。――螺旋階段を上るごとに、同様のことが、いくつも思い出されてくるのだった。彼は思った。そのたびに、自分の身体の一部を、自分の魂の一部を、何処かに置き去りにしてきたのではなかったか、と。

　螺旋階段を上り切ると、そこにある扉が、思いがけず内側から開いたのだった。そしてそこに立っていたのは、彼自身だったのだ。いや、彼は一目見て判ったのだ。いま目の前にいるのは、彼の中で最も高位に在って、彼を成り立たせている存在なのだ。そのもう一人の彼は、終始明るい表情をして、無言のまま彼を見つめていたのだという。そしてしばらくすると、やはり無言のまま握手を交わし、彼らは別れた。

　彼はその後、もと来た道を戻っていった。彼が真に生まれ変われたかどうかは、周囲の者はおろか、彼自身にすら判らない。唯一言えることは、彼が塔の頂から身を投げることもなく、邂逅を体験し得たという事実だけだ。

橋本和彦（はしもと　かずひこ）

1964年　大阪府生まれ
1990年　詩集『細い管のある風景』（詩学社刊）
1998年　詩集『鼓動』（石の詩会刊）
2007年　作品「直線」により、第22回国民文化祭
　　　　において文部科学大臣賞を受賞

1990年～2013年　「石の詩」同人
1990年～現在　　日本詩人クラブ会員

現住所
〒591-8004　大阪府堺市北区蔵前町3-2-18-310

発　行　二〇二三年九月三〇日初版発行
著　者　橋本和彦
発行人　山岡喜美子
発行所　ふらんす堂
〒182-0002　東京都調布市仙川町一―一五―三八―二F
TEL（〇三）三三二六―九〇六一　FAX（〇三）三三二六―六九一九

詩集　魂の物差し　1998～2022

ホームページ　http://furansudo.com/　E-mail　info@furansudo.com
装　丁　君嶋真理子
印　刷　日本ハイコム㈱
製　本　日本ハイコム㈱
定　価＝本体二五〇〇円＋税
ISBN978-4-7814-1590-1 C0092 ¥2500E